Kindergeburtstag

TRUMAN CAPOTE

KINDERGEBURTSTAG

Mit Bildern von
Rudi Hurzlmeier

KEIN & ABER

Diese Geschichte ist für Andrew Lyndon

Die Originalerzählung erschien unter dem Titel
»Children on Their Birthdays« bei Random House, Inc., New York.

This translation published by arrangement with Random House,
an imprint of Random House Publishing Group,
a division of Random House, Inc.

Umschlagillustration: Rudi Hurzlmeier
Gestaltung und Satz: Anna Meyer
Druck und Bindung: Ebner & Spiegel, Ulm
ISBN 978-3-0369-5521-6

www.keinundaber.ch

Gestern Nachmittag überfuhr der Sechs-Uhr-Bus Miss Bobbit. Ich weiß nicht recht, was man dazu sagen soll; schließlich war sie erst zehn Jahre alt, aber ich bin sicher, keiner von uns hier im Ort wird sie vergessen. Zum einen, weil nichts, was sie je tat, alltäglich war, nicht von dem Moment an, als wir sie zum ersten Mal sahen, und das war vor einem Jahr. Miss Bobbit und ihre Mutter trafen mit dem nämlichen Sechs-Uhr-Bus ein, dem, der aus Mobile bei uns durchkommt. Es war zufällig der Geburtstag meines Vetters Billy Bob, und so waren die meisten Kinder

aus dem Ort hier in unserem Haus versammelt. Wir hockten auf der vorderen Veranda herum, aßen Tuttifrutti und Schokoladenkuchen, als der Bus um Deadman's Curve gerast kam. Es war der Sommer, in dem es nie regnete; rostbraune Trockenheit deckte alles zu; manchmal hing, wenn ein Auto auf der Straße vorbeifuhr, der aufgewirbelte Staub eine Stunde oder länger in der reglosen Luft. Tante El sagte, wenn sie die Hauptstraße nicht bald pflasterten, ziehe sie runter an die Küste; aber das sagte sie schon ewig. Jedenfalls saßen wir auf der Veranda, wo das Tuttifrutti auf unseren Tellern schmolz, als plötzlich, gerade als wir wünschten, es würde etwas passieren, wirklich etwas passierte; denn aus dem roten Straßenstaub tauchte Miss Bobbit auf: Ein drahtiges kleines Mädchen in einem gestärkten zitronengelben Festkleid, das mit Erwachsenengehabe anspaziert kam, die eine Hand an der Hüfte, in der anderen einen altjüngferlichen Schirm. Ihre Mutter, die zwei Pappkoffer und ein aufziehbares Grammophon schleppte, folgte weiter hinten. Sie war eine hagere, ungepflegte Frau mit leeren Augen und einem hungrigen Lächeln.

Alle Kinder auf der Veranda waren so still geworden, dass die Mädchen, als ein Schwarm Wespen zu summen begann, nicht mit ihrem üblichen Gekreisch anfingen. Ihre Aufmerksamkeit war zu sehr auf die näher kommende Miss Bobbit und ihre Mutter fixiert, die inzwischen das Gartentor erreicht hatten. »Entschuldigen Sie bitte«, rief Miss Bobbit mit einer Stimme, die gleichzeitig weich und kindlich war wie ein hübsches Stoffbändchen, und mit so korrekter und exakter Aussprache wie ein Filmstar oder eine Schulmeisterin, »aber könnten wir vielleicht mit den Erwachsenen des Hauses sprechen?« Damit war natürlich Tante El gemeint; und, zumindest bis zu einem gewissen Grade, auch ich. Aber Billy Bob und die anderen Buben, von denen keiner über dreizehn war, folgten uns hinunter zum Gartentor. Ihren Gesichtern nach hätte man meinen können, sie hätten noch nie ein Mädchen gesehen. Jedenfalls keines wie Miss Bobbit. Wie Tante El sagte, wer hatte denn schon einmal von einem Kind gehört, das geschminkt ist? Pomade verlieh ihren Lippen einen orangefarbenen Glanz, ihr Haar bestand, ähnlich einer Allongeperücke, aus einer Fülle rosaroter Locken, und ihre Augen waren außen mit einem Stift wissend nach oben verlängert; dennoch besaß sie eine spröde Würde, sie war eine Dame und, was noch wichtiger ist, sie sah einem in die Augen mit der Direktheit eines

Mannes. »Ich bin Miss Lily Jane Bobbit, Miss Bobbit aus Memphis, Tennessee«, sagte sie feierlich. Die Buben sahen zu Boden, und auf der Veranda steckte Cora McCall, mit der Billy Bob damals ging, alle Mädchen mit ihrem unbändigen Gekicher an. »*Dorf*kinder«, sagte Miss Bobbit mit verständnisvollem Lächeln und ließ ihren Sonnenschirm keck herumwirbeln. »Meine Mutter«, und besagte unscheinbare Frau nickte abrupt zur Bestätigung, »meine Mutter und ich haben hier Quartier genommen. Wären Sie bitte so freundlich, uns das Haus zu zeigen? Es gehört einer Mrs. Sawyer.« Aber sicher, sagte Tante El, da drüben ist es, das Haus direkt gegenüber. Es ist die einzige Pension im Ort, ein dunkler alter Kasten mit etwa zwei Dutzend Blitzableitern auf dem Dach: Mrs. Sawyer hat bei Gewitter eine Todesangst.

Errötend wie ein Apfel, sagte Billy Bob, bitte, Ma'am, wo es doch so ein heißer Tag ist und alles, ob sie sich da nicht ein Weilchen ausruhen und ein Tuttifrutti essen wollten?, und Tante El sagte, gewiss, unbedingt, aber Miss Bobbit schüttelte den Kopf. »Macht sehr dick, Tuttifrutti; aber haben Sie vielen *merci*«, und sie begannen die Straße zu überqueren, wobei die Mutter ihre Gepäckstücke halb im Staub hinter sich herschleifte. Dann, und mit ernster Miene, drehte sich Miss Bobbit noch einmal um; das Sonnenblumengelb ihrer Augen verdüsterte sich, und sie rollte sie leicht seitwärts, als versuche sie, sich an ein Gedicht zu erinnern. »Meine Mutter leidet an einer Störung der Zungenfunktion, die es erforderlich macht, dass ich für sie spreche«, verkündete sie hastig und seufzte. »Meine Mutter ist eine ausgezeichnete Näherin; sie hat in vielen großen und kleinen Städten Kleider für die feine Gesellschaft genäht, unter anderem in Memphis und Tallahassee. Zweifellos haben Sie das Kleid, das ich trage, bemerkt und bewundert. Jeder Stich daran wurde von meiner Mutter von Hand angebracht. Meine Mutter kann jedes Modell kopieren, und erst neulich gewann sie einen Preis des *Ladies' Home Journal* in Höhe von fünfundzwanzig Dollar. Meine Mutter kann außerdem häkeln, stricken und sticken. Falls Sie etwas genäht haben wollen, wenden Sie sich bitte an meine Mutter. Bitte sagen Sie das auch Ihren Freunden und Verwandten. Vielen Dank.« Und dann, mit einem Rascheln und einem Rauschen, war sie fort.

Cora McCall und die Mädchen zupften an ihren Haarschleifen, nervös, argwöhnisch, und schienen sehr pikiert und verschnupft zu sein. Ich bin *Miss* Bobbit, sagte Cora, das Gesicht zu einer bösartigen Imitation verzogen, und ich bin die Prinzessin Elisabeth, jawohl, das bin ich, hahaha. Außerdem, sagte Cora, war das Kleid da so geschmacklos, wie's nur geht; ich für meine Person, sagte Cora, meine Kleider kommen alle aus Atlanta; und dazu ein Paar Schuhe aus New York, ganz zu schweigen von meinem silbernen Türkisring, der sogar aus Mexiko ist. Tante El sagte, sie sollten nicht so über ein anderes Kind sprechen, das fremd in der Stadt ist, aber die Mädchen steckten weiter die Köpfe zusammen wie Hexen, und gewisse Buben, die unbedarfteren, die gern bei den Mädchen waren, schlossen sich ihnen an und sagten Sachen, dass Tante El rot anlief und verkündete, sie werde alle miteinander heimschicken und es noch dazu ihren Daddies sagen. Doch bevor sie ihre Drohung wahr machen konnte, schritt Miss Bobbit persönlich ein, indem sie über Mrs. Sawyers Veranda schlenderte, aber nun in einer neuen, verblüffenden Kostümierung.

Die älteren Buben, wie Billy Bob und Preacher Star, die stumm dagesessen hatten, während die Mädchen über Miss Bobbit herzogen, und die das Haus, in dem sie verschwunden war, mit verschleierten, begierigen Augen beobachtet hatten, standen nun auf und zottelten hinunter zum Gartentor. Cora McCall rümpfte die Nase und schob die Unterlippe vor, aber wir übrigen folgten ihnen und setzen uns auf die Stufen. Miss Bobbit schenkte uns nicht die geringste Beachtung. Der Sawyer'sche Vorgarten ist mit dichten Maulbeerbäumen und mit Gras und Gewürzsträuchern bepflanzt. Nach einem Regen kann man die Gewürzsträucher manchmal bis in unser Haus riechen; und in der Mitte dieses Vorgartens befindet sich eine Sonnenuhr, die Mrs. Sawyer 1912 zum Andenken an ihren Bullterrier Sunny anbrachte, der einging, nachdem er einen Eimer Farbe gesoffen hatte. Miss Bobbit trippelte in den Garten, das Grammophon bei sich tragend, das sie auf die Sonnenuhr stellte; sie zog es auf und begann eine Schallplatte abzuspielen, und die spielte den Graf von Luxemburg. Inzwischen fing es bereits an zu dunkeln, Leuchtkäferzeit, blau wie Milchglas; und Vögel stießen pfeilartig zueinander und ließen sich im Geäst der Bäume nieder. Vor einem Sturm scheinen Blätter und Blumen in einem ureigenen Licht, einer ureigenen Farbe zu erstrahlen, und Miss Bobbit, angetan mit einem weißen Röckchen, ähnlich einer Puderquaste, und golden glitzerndem Lametta im Haar, schien, vor dem Hintergrund der zunehmenden Dunkelheit um sie herum, ebenfalls diese Leuchtkraft zu besitzen. Sie hielt die Arme hoch über dem Kopf gebeugt, die Hände lilienschlaff, und stand kerzengerade vorne auf den äußersten Zehenspitzen. Sie stand ziemlich lange so da, und Tante El sagte, sie mache das wirklich toll. Dann begann sie sich im Kreis zu drehen, rundherum und rundherum drehte sie sich, bis Tante El sagte, ihr sei schon vom Zuschauen ganz schwindlig. Sie hörte erst auf, als es Zeit war, das Grammophon wieder aufzuziehen; und als der Mond über die Anhöhe gekullert kam und die letzte Tischglocke geklingelt hatte und alle Kinder nach Hause gegangen waren und die Nachtlilien zu blühen begannen, war Miss Bobbit noch immer draußen in der Dunkelheit und drehte sich wie ein Kreisel.

Längere Zeit sahen wir sie nicht wieder.

Preacher Star kam jeden Morgen her und blieb ohne Unterbrechung bis zum Abendessen da. Preacher ist ein spindeldürrer Junge mit einem flegelhaften roten Haarschopf; er hat elf Geschwister, und selbst die haben Angst vor ihm, denn er ist furchtbar aufbrausend und in der ganzen Gegend wegen seines niederträchtigen Wesens bekannt: Am letzten Vierten Juli verprügelte er Ollie Overton derart, dass Ollies Familie ihn nach Pensacola ins Krankenhaus schicken musste; und ein andermal biss er einem Maultier das halbe Ohr ab, zerkaute es und spuckte es dann aus. Bevor Billy Bobs Bart zu sprießen begann, hatte Preacher es auch auf ihn abgesehen. Er steckte ihm Kletten hinten ins Hemd und rieb ihm Pfeffer in die Augen und zerriss seine Hausaufgaben. Aber jetzt sind sie die dicksten Freunde im Ort: die gleiche Sprache, der gleiche Gang; und gelegentlich verschwinden sie tagelang miteinander, Gott weiß, wohin. Aber während der ganzen Zeit, in der Miss Bobbit nicht auftauchte, blieben sie dicht beim Haus. Sie standen im Vorgarten herum und versuchten, mit Schleudern Spatzen von den Telegraphenmasten zu schießen; oder Billy Bob spielte auf seiner Ukulele, und dann sangen sie so laut, dass Billy Bobs Onkel, der der Richter in unserem Kreis ist, behauptete, er könne sie bis ins Gerichtsgebäude hören: *Send me a letter, send it by mail, send it in care of the Birmingham jail.* Miss Bobbit hörte sie nicht; zumindest steckte sie nie den Kopf aus der Tür. Eines Tages ließ sich dann Mrs. Sawyer, die rübergekommen war, um eine Tasse Zucker zu borgen, des Langen und Breiten über ihre neuen Gäste aus. Also, sagte sie und kniff ihre hühnerhellen Augen zusammen, der

Mann war ein Gauner, o ja, das hat mir die Kleine selbst gesagt. Kein bisschen Schamgefühl, nicht die Spur. Sagt, ihr Daddy sei der liebste Daddy und der beste Sänger in ganz Tennessee ... Und ich sage, Schätzchen, wo ist er jetzt?, und so ungeniert, wie man sich nur denken kann, sagt sie: Ach, der ist im Gefängnis, und wir hören nichts mehr von ihm. Mal ehrlich, stockt einem da nicht das Blut in den Adern? O ja, und ich könnte mir denken, ihre Mama, also ich könnte mir denken, dass die Ausländerin ist: Sagt nie ein Wort, und manchmal sieht es so aus, als ob sie gar nicht versteht, was man zu ihr sagt. Und stellt euch vor, die essen alles *roh*. *Rohe* Eier, *rohe* Rüben, Karotten – überhaupt kein Fleisch. Aus Gesundheitsgründen, sagt die Kleine, und dabei liegt sie seit letzten Dienstag mit Fieber im Bett.

Am selben Nachmittag ging Tante El hinaus, um ihre Rosen zu gießen, musste jedoch feststellen, dass sie verschwunden waren. Es waren ganz besondere Rosen, nämlich die, die sie auf die Blumenausstellung in Mobile hatte schicken wollen, und so wurde sie natürlich leicht hysterisch. Sie rief den Sheriff an und sagte, hör zu, Sheriff, du kommst jetzt auf der Stelle her. Man hat mir meine sämtlichen Lady Annes geklaut, denen ich mich seit dem Frühjahr mit Leib und Seele gewidmet habe. Als das Auto des Sheriffs vor unserem Haus anhielt, traten alle Nachbarn in der Straße auf ihre Veranda heraus, und Mrs. Sawyer, eine dicke Schicht weiße Coldcream im Gesicht, kam über die Straße gelaufen. Ach was, sagte sie, sehr enttäuscht, als sie erfuhr, dass niemand ermordet worden war, ach was, kein Mensch hat hier Rosen gestohlen. Euer Billy

Bob hat die Rosen rübergebracht und für die kleine Bobbit abgegeben. Tante El sagte kein Wort. Sie ging nur hinüber zum Pfirsichbaum und schnitt sich eine Rute ab. He, Billy Bob rufend, ging sie zielstrebig die Straße entlang, und dann fand sie ihn drunten in Speedys Autowerkstatt, wo er und Preacher zuschauten, wie Speedy einen Motor auseinandernahm. Sie packte ihn einfach bei den Haaren und schleifte ihn, auf ihn eindreschend, heim. Aber sie konnte ihn nicht dazu bringen zu sagen, dass es ihm leidtue, und sie konnte ihn nicht zum Weinen bringen. Und als sie mit ihm fertig war, rannte er in den Garten hinter dem Haus und kletterte in den Wipfel des hohen Pekannussbaumes und schwor, dass er nie wieder herunterkommen werde. Daraufhin stellte sich sein Daddy ans Fenster und rief ihm zu: Junge, wir sind dir nicht böse, also komm runter, das Abendessen ist fertig. Aber Billy Bob rührte sich nicht vom Fleck. Tante El ging hinaus und lehnte sich an den Baum. Sie sprach mit einer Stimme, so sanft wie das schwindende Licht. Es tut mir leid, Junge, sagte sie, ich wollte dich nicht derart verprügeln. Ich habe ein schönes Abendessen gemacht, Junge, Kartoffelsalat und gekochten Schinken und gefüllte Eier. Hau ab, sagte Billy Bob, ich will kein Abendessen, und ich hasse dich wie die Pest. Sein Daddy sagte, so dürfe er nicht mit seiner Mutter sprechen, und sie fing an zu weinen. Sie stand da unter dem Baum und weinte, hob den Rocksaum hoch, um sich die Augen abzuwischen. Ich hasse dich nicht, Junge … Wenn ich dich nicht lieben würde, hätte ich dich nicht verprügelt. Die Blätter des Pekannussbaumes begannen zu rascheln; Billy Bob kam langsam herunter-

gerutscht, und Tante El zog ihn an sich und fuhr ihm mit den Fingern durchs Haar. Ach, Ma, sagte er, ach, Ma.

Nach dem Abendessen kam Billy Bob zu mir und warf sich unten am Fußende auf mein Bett. Er roch säuerlich und süß, wie alle Buben, und er tat mir sehr leid, vor allem weil er so bekümmert aussah. Seine Augen waren fast geschlossen vor Kummer. Man soll Kranken doch Blumen schicken, sagte er tugendhaft. Etwa da hörten wir das Grammophon, eine liebliche ferne Melodie, und ein Nachtfalter kam durch das Fenster herein, schwebte in der Luft, so zart wie die Musik. Aber es war inzwischen dunkel, und so konnten wir nicht mit Bestimmtheit sagen, ob Miss Bobbit tanzte. Billy Bob, als hätte er Schmerzen, klappte auf dem Bett zusammen wie ein Taschenmesser; aber sein Gesicht war plötzlich klar, seine verschmierten Bubenaugen flackerten wie Kerzen. Sie ist so süß, flüsterte er, sie ist das süßeste Ding, das ich je gesehen hab, ach, zum Teufel, ich würde es glatt wieder tun, ich würd' alle Rosen auf der ganzen Welt pflücken.

Auch Preacher hätte alle Rosen auf der ganzen Welt gepflückt. Er war genauso verrückt nach ihr wie Billy Bob. Doch Miss Bobbit nahm keine Notiz von ihnen. Der einzige Kontakt, den wir mit ihr hatten, war ein Briefchen an Tante El, in dem sie sich bei ihr für die Blumen bedankte. Tag für Tag saß sie auf ihrer Veranda, immer todschick ausstaffiert, und arbeitete an einer Stickerei oder kämmte sich ihre Locken oder las in Websters Konversationslexikon – förmlich, aber durchaus freundlich; wenn man guten Tag zu ihr sagte, sagte sie ebenfalls guten Tag. Trotzdem schienen die Buben nie den Mut aufbringen zu können, rüberzugehen und mit ihr zu reden, und meistens waren sie einfach Luft für sie, selbst dann, wenn sie die Straße rauf und runter tobten, um ihre Aufmerksamkeit auf sich zu lenken. Sie rangen miteinander, spielten Tarzan, machten tollkühne Kunststücke auf dem Fahrrad. Es war jämmerlich mitanzusehen. Zahlreiche Mädchen aus dem Ort schlenderten zwei- bis dreimal innerhalb einer Stunde an Mrs. Sawyers Haus vorbei in der Hoffnung, einen Blick zu erhaschen. Zu den Mädchen, die dies taten, gehörten Cora McCall, Mary Murphy Jones, Janice Ackerman. Miss Bobbit zeigte auch für sie keinerlei Interesse. Cora sprach nicht mehr mit Billy Bob. Das Gleiche galt für Janice und Preacher. Um die Wahrheit zu sagen, Janice schrieb Preacher mit roter Tinte und auf Papier mit durchbro-

chenem Rand einen Brief, in dem sie ihm mitteilte, er sei das Allerletzte und schäbiger, als sich in Worte fassen lasse, dass sie ihre Verlobung als gelöst betrachte, dass er das ausgestopfte Eichhörnchen wiederhaben könne, das er ihr geschenkt hatte. Preacher, der nur nett sein wollte, hielt sie an, als sie das nächste Mal an unserem Haus vorbeikam, und sagte, ach, zum Teufel, sie könne das olle Eichhörnchen ruhig behalten, wenn sie wolle. Hinterher konnte er nicht begreifen, warum Janice heulend wie ein Schlosshund davonlief.

Eines Tages führten die Buben sich dann noch verrückter auf als sonst; Billy Bob sprang in der viel zu weiten Weltkriegs-Uniform seines Daddys rum, und Preacher, mit freiem Oberkörper, hatte sich mit einem alten Lippenstift von Tante El eine nackte Frau auf die Brust gemalt. Sie sahen absolut lächerlich aus, doch Miss Bobbit, in einer Schaukel liegend, gähnte nur. Es war Mittag, und niemand war auf der Straße unterwegs außer einem farbigen Mädchen, dick und kugelrund wie ein Bonbon, das einen Eimer mit Brombeeren trug und vor sich hin summte. Doch die Buben, die wie lästige Mücken um sie herumschwirrten, fassten sich bei den Händen und wollten sie nicht durchlassen, bis sie Zoll bezahlt hatte. Ich weiß von kei'm Zoll nix, sagte sie, was denn für 'n Zoll, Mister? Wegen der Party in der Scheune, sagte Preacher mit zusammengebissenen Zähnen, eine richtig tolle Party in der Scheune. Und sie, mit einem trotzigen Achselzucken, sagte, also sie wisse nichts von Scheunenpartys. Woraufhin Billy Bob ihren Beereneimer umwarf, und als sie, verzweifelt quiekend wie ein Schwein, sich bückte und vergebens zu retten versuchte, was nicht zu

3P

retten war, gab Preacher, der hundsgemein sein kann, ihr einen Tritt in den Hintern, dass sie wie Wackelpudding in den Brombeeren und im Staub landete. Miss Bobbit kam über die Straße gestürmt, mit dem Zeigefinger wedelnd wie ein Metronom; wie eine Schullehrerin klatschte sie in die Hände, stampfte mit dem Fuß auf, sagte: »Es ist eine wohlbekannte Tatsache, dass die Herren auf das Antlitz dieser Welt gesetzt werden, um die Damen zu beschützen. Glaubt ihr etwa, so benehmen sich Buben in Städten wie Memphis, New York, London, Hollywood oder Paris?« Die Buben wichen zurück und steckten die Hände in die Hosentaschen. Miss Bobbit half dem farbigen Mädchen auf die Beine; sie wischte ihr den Staub ab, trocknete ihr die Augen, hielt ihr ein Taschentuch hin und wies sie an, sich zu schneuzen. »Eine schöne Bescherung«, sagte sie, »ein feiner Zustand, wenn sich eine Dame in der helllichten Öffentlichkeit nicht sicher fühlen kann.«

Dann gingen die beiden hinein und setzten sich auf Mrs. Sawyers Veranda; und ein Jahr lang waren sie nie weit voneinander entfernt, Miss Bobbit und das Elefantenbaby, dessen Name Rosalba Cat war. Am Anfang regte sich Mrs. Sawyer furchtbar auf, weil Rosalba so viel in ihrem Haus war. Sie sagte zu Tante El, dass es ihr gegen den Strich ging, ständig und vor aller Augen einen Nigger auf ihrer vorderen Veranda herumlungern zu haben. Miss Bobbit hatte jedoch einen gewissen Zauber; wenn sie etwas machte, dann machte sie es ganz, und so geradeheraus, so ernsthaft, dass einem nichts anderes übrig blieb, als es zu akzeptieren. Wie zum Beispiel die Geschäftsleute im Ort, die zuerst immer glucksten, wenn sie sie

Miss Bobbit nannten; aber nach und nach *war* sie Miss Bobbit, und sie machten steife kleine Verbeugungen, wenn sie vorbeiwirbelte und ihren Sonnenschirm kreisen ließ. Miss Bobbit erzählte allen, dass Rosalba ihre Schwester war, was für reichlich Witzeleien sorgte; aber wie die meisten ihrer Einfälle erschien es allmählich ganz natürlich, und wenn wir zufällig hörten, wie sie einander Schwester Rosalba und Schwester Bobbit nannten, grinste keiner von uns. Aber Schwester Rosalba und Schwester Bobbit machten auch merkwürdige Dinge. Da war die Geschichte mit den Hunden. Es gibt tatsächlich ziemlich viele Hunde bei uns, Rattenfänger, Hühnerhunde, Bluthunde; sie schleichen in der Mittagshitze in sechs- bis zwölfköpfigen Rudeln durch die verlassenen Straßen, warten allesamt nur auf die Dunkelheit und den Mond, wo man sie dann die ganzen einsamen Stunden hindurch heulen hören kann: Jemand stirbt, jemand ist tot. Miss Bobbit beschwerte sich beim Sheriff; sie sagte, dass sich einige der Hunde immer unter ihrem Fenster niederließen und dass sie ohnehin einen leichten Schlaf habe; im Übrigen, und wie Schwester Rosalba sage, glaube sie, dass das überhaupt keine Hunde seien, sondern irgendwelche Teufel. Natürlich tat der Sheriff gar nichts; und so nahm sie die Sache selbst in die Hand. Eines Morgens, nach einer besonders lauten Nacht, sah man sie durch den Ort streifen, zusammen mit Rosalba, die einen Blumenkorb voll Steine trug; sobald sie einen Hund sahen, blieben sie stehen, und Miss Bobbit musterte ihn eingehend. Manchmal schüttelte sie den Kopf, aber häufiger sagte sie: »Ja, das ist einer davon, Schwester Rosalba«, und Schwester Rosalba, finster entschlossen, holte einen Stein aus ihrem Korb und schleuderte ihn dem Hund genau zwischen die Augen.

Eine andere Sache, die passierte, betrifft Mr. Henderson. Mr. Henderson hat ein Hinterzimmer in Mrs. Sawyers Haus; ein zäher Gnom von einem Mann, der früher in Oklahoma auf eigene Faust nach Öl gebohrt hat, etwa siebzig Jahre alt und wie viele alte Männer besessen von Körperfunktionen. Außerdem ist er ein Säufer. Einmal war er zwei Wochen lang betrunken gewesen; wenn er Miss Bobbit und Schwester Rosalba im Haus herumgehen hörte, raste er jedes Mal auf den oberen Treppenabsatz und brüllte zu Mrs. Sawyer hinunter, dass Wichtel in den Wänden seien, die es auf seinen Toilettenpapiervorrat abgesehen hätten. Die haben mir schon Klopapier im Wert von fünfzehn Cent gestohlen, sagte er. Eines Abends, als die beiden Mädchen unter einem Baum im Garten saßen, ging Mr. Henderson, mit nichts weiter als einem Nachthemd bekleidet, auf sie los. Mein Toilettenpapier stehlen, was?, schrie er, euch werd ich's zeigen, ihr Wichtel … Zu Hilfe, ihr Leut', sonst verschwinden die elenden Wichtelweiber noch mit jedem einzelnen Blatt im Ort. Billy Bob und Preacher gelang es, Mr. Henderson zu schnappen und festzuhalten, bis erwachsene Männer eintrafen und ihn zu fesseln begannen. Miss Bobbit, die in bewunderungswürdiger Weise Ruhe bewahrt hatte, sagte zu den Männern, sie hätten keine Ahnung, wie man einen anständigen Knoten macht, und übernahm es, diese Aufgabe selbst zu erledigen. Sie leistete so gute Arbeit, dass die Blutzirkulation in Mr. Hendersons Händen und Füßen abgeschnürt wurde und es einen Monat dauerte, ehe er wieder gehen konnte.

Es war kurz danach, als Miss Bobbit uns einen Besuch abstattete. Sie kam an einem Sonntag, und ich war allein, da die anderen in die Kirche gegangen waren. »Kirchengerüche sind so unangenehm«, sagte sie, leicht vorgebeugt und die Hände geziert vor sich gefaltet. »Ich möchte nicht, dass Sie mich für eine Heidin halten, Mr. C.; ich habe genug Erfahrung, um zu wissen, dass es einen Gott gibt und dass es einen Teufel gibt. Aber den Teufel zähmt man nicht, indem man in die Kirche geht und sich anhört, was für ein böser sündhafter Tor er ist. Nein, man muss den Teufel lieben, wie man Jesus liebt: weil er ein mächtiger Mann ist und einem Gutes erweist, wenn er weiß, dass man auf ihn vertraut. Er hat mir häufig Gutes erwiesen, beispielsweise in der Tanzschule in Memphis … Ich habe immer den Teufel um Hilfe angerufen, damit ich die größte Rolle in unserer alljährlichen Aufführung bekomme. Das ist nur vernünftig; schließlich wusste ich, dass Jesus bestimmt nichts mit Tanzen zu tun haben will. Nun, um die Wahrheit zu sagen, habe ich erst neulich den Teufel angerufen. Er ist der Einzige, der mir helfen kann, von hier wegzukommen. Nicht dass ich hier lebe, nicht direkt. Ich denke ständig an irgendwo anders, an irgendwo, wo sich alles ums Tanzen dreht, wo die Menschen auf den Straßen tanzen und alles so hübsch ist wie auf einem Kindergeburtstag.

Mein wundervoller Papa sagte, ich lebe in den Wolken, aber wenn er mehr in den Wolken gelebt hätte, dann wäre er jetzt reich, wie er es immer sein wollte. Das Problem mit meinem Papa ist, dass er den Teufel nicht liebte, sondern zuließ, dass der Teufel ihn liebte. Aber ich bin in dieser Hinsicht klüger; ich weiß, dass das Zweitbeste sehr oft das Beste ist. Das Zweitbeste für uns war, in dieses Städtchen zu ziehen; und da ich hier meine Karriere nicht verfolgen kann, ist es für mich das Zweitbeste, nebenher eine kleine Firma zu gründen. Was ich auch getan habe. Ich bin in diesem Kreis die alleinige Abonnement-Beauftragte einer eindrucksvollen Reihe von Zeitschriften, darunter *Reader's Digest*, *Popular Mechanics*, *Dime Detective* und *Child's Life*. Natürlich bin ich nicht hier, Mr. C., um Ihnen etwas zu verkaufen. Aber ich habe etwas Bestimmtes im Sinn. Ich dachte an die beiden Buben, die sich hier ständig herumtreiben, und mir kam der Gedanke, dass sie eigentlich schon Männer sind. Glauben Sie, dass sie zwei geeignete Assistenten abgeben würden?«

Billy Bob und Preacher arbeiteten hart für Miss Bobbit, und für Schwester Rosalba ebenfalls. Schwester Rosalba vertrieb eine Kosmetikserie namens Dewdrop, und es gehörte zu den Aufgaben der Buben, Rosalbas Kundinnen die gekaufte Ware zu liefern. Billy Bob war abends meist so müde, dass er kaum sein Essen hinunterbrachte. Tante El sagte, es sei ein Elend und eine Schande, und als Billy Bob dann eines schönen Tages mit einem kleinen Sonnenstich heimkam, sagte sie, genug, jetzt sei Schluss, Billy Bob müsse bei Miss Bobbit aufhören. Aber Billy Bob beschimpfte sie derart übel, dass sein Daddy ihn in sein Zimmer sperren musste; woraufhin er sagte, er werde sich umbringen. Eine Köchin, die wir mal gehabt hatten, hatte ihm gesagt, wenn man eine Schüssel voll Grünkohl mit dick Melasse drüber esse, werde es einen todsicher umbringen; also tat er genau das. Ich sterbe, sagte er, während er sich auf seinem Bett hin und her wälzte, ich sterbe, und kein Mensch kümmert sich drum.

Miss Bobbit kam rüber und sagte zu ihm, er solle still sein. »Dir fehlt nichts, Junge«, sagte sie. »Du hast bloß Magenschmerzen.« Dann tat sie etwas, das Tante El furchtbar schockierte: Sie zog Billy Bob die Zudecke weg und rieb ihn von Kopf bis Fuß mit Alkohol ein. Als Tante El zu ihr sagte, sie glaube nicht, dass sich so etwas für ein kleines Mädchen gehöre, erwiderte Miss Bobbit: »Ich weiß nicht, ob sich das gehört oder nicht, aber es ist auf jeden Fall sehr erfrischend.« Danach tat Tante El alles in ihrer Macht Stehende, um Billy Bob daran zu hindern, wieder für Miss Bobbit zu arbeiten, aber sein Daddy sagte, sie solle ihn in Ruhe lassen, man müsse dem Jungen erlauben, sein eigenes Leben zu führen.

Miss Bobbit war sehr ehrlich, was Geld

ZORRO

betraf. Sie bezahlte Billy Bob und Preacher korrekt ihre Provision, und sie ließ sich, obwohl die beiden es oft versuchten, nie von ihnen in den Drugstore oder ins Kino einladen. »Ihr solltet euer Geld lieber sparen«, sagte sie ihnen. »Das heißt, falls ihr aufs College gehen wollt. Denn keiner von euch hat genug Verstand, um ein Stipendium zu bekommen, nicht einmal ein Football-Stipendium.« Dennoch ging es um Geld, als Billy Bob und Preacher den großen Krach hatten; aber das war natürlich nicht der wahre Grund: Der wahre Grund war, dass sie wegen Miss Bobbit wahnsinnig eifersüchtig waren. Und so sagte Preacher, und er hatte die Frechheit, es in Billy Bobs Gegenwart zu tun, eines Tages zu Miss Bobbit, sie täte gut daran, ihre Abrechungen sorgfältig zu prüfen, weil er mehr als bloß den Verdacht habe, dass Billy ihr nicht das *ganze*

Geld abliefere, das er einnehme. Das ist eine verdammte Lüge, sagte Billy Bob, und beförderte Preacher mit einem sauberen linken Haken von der Sawyer'schen Veranda in ein Beet mit Kapuzinerkresse, sprang hinterher und warf sich auf ihn. Aber nachdem Preacher ihn zu fassen bekommen hatte, hatte Billy Bob keine Chance mehr. Preacher rieb ihm sogar Erde in die Augen. Während der ganzen Zeit hing Mrs. Sawyer aus einem Fenster im Obergeschoss und brüllte wie am Spieß, und Schwester Rosalba, fett und fröhlich, kreischte mehrdeutig: Bring ihn um! Bring ihn um! Bring ihn um! Nur Miss Bobbit schien zu wissen, was sie tat. Sie schloss den Gartenschlauch an und spritzte die Buben aus nächster Nähe gründlich ab. Preacher rappelte sich keuchend hoch. Ach, Engelchen, sagte er und schüttelte sich wie ein nasser Hund, Engelchen, du musst

dich entscheiden. »*Was* muss ich?«, sagte Miss Bobbit, umgehend verstimmt. Ach, Engelchen, winselte Preacher, du willst doch nicht, dass wir uns umbringen. Du musst dich entscheiden, wer wirklich dein wahrer Schatz ist. »Schatz, dass ich nicht lache«, sagte Miss Bobbit. »Ich hätte es besser wissen müssen, als mich mit einem Haufen Dorfkindern einzulassen. Und so was will Geschäftsmann werden? Jetzt hör mir mal gut zu, Preacher Star: Ich will keinen Schatz, und wenn ich einen wollte, dann bestimmt nicht dich. Du stehst ja nicht einmal auf, wenn eine Dame das Zimmer betritt.«

Preacher spuckte auf den Boden und ging großspurig hinüber zu Billy Bob. Komm schon, sagte er, als ob nichts geschehen wäre, die ist eiskalt, ist die, die will bloß zwischen zwei guten Freunden Unfrieden stiften. Einen Moment lang sah es so aus, als würde Billy Bob sich ihm in trauter Zweisamkeit anschließen; aber plötzlich kam er wieder zur Besinnung, wich zurück und machte eine Handbewegung. Die Buben starrten sich eine geschlagene Minute an, und die ganze Nähe zwischen ihnen hatte unversehens einen hässlichen Charakter: So sehr kann man nur hassen, wenn man auch liebt. Und Preachers Gesicht verriet es. Aber es blieb ihm nichts anderes übrig, als das Feld zu räumen. O ja, Preacher, du sahst an dem Tag so verloren aus, dass ich dich zum ersten Mal wirklich mochte, wie du da, so mager und gemein und verloren, ganz allein die Straße hinuntergingst.

Sie versöhnten sich nicht, Preacher und Billy Bob; nicht deshalb, weil sie sich nicht versöhnen wollten, sondern nur, weil es keinen vernünftigen Weg zu geben schien, ihre Freundschaft wiederherzustellen. Aber sie konnten diese Freundschaft nicht loswerden: Jedem war immer bewusst, was der andere vorhatte; und als Preacher einen neuen Kumpel fand, blies Billy Bob tagelang Trübsal, nahm Sachen in die Hand, legte sie wieder hin oder machte verrücktes Zeug, indem er etwa absichtlich den Finger in den elektrischen Ventilator steckte. Manchmal blieb Preacher abends am Gartentor stehen und unterhielt sich mit Tante El. Und zwar nur, um Billy Bob zu quälen, wie ich vermute, aber er blieb weiter mit uns allen befreundet, und an Weihnachten schenkte er uns eine riesige Schachtel Erdnüsse. Er ließ auch ein Geschenk für Billy Bob da. Wie sich herausstellte, war es ein Sherlock-Holmes-Buch; und auf das Vorsatzblatt hatte er gekritzelt: »Freunde wie Efeu an den Wänden müssen enden.« Das ist das Kitschigste, was ich je gesehen hab, sagte Billy Bob. Herrjemine, ist das ein Trottel! Doch dann, und obwohl es ein kalter Wintertag war, ging er nach hinten in den Garten und kletterte auf den Pekannussbaum, wo er den ganzen Nachmittag in den blauen Dezemberästen kauerte.

Aber die meiste Zeit war er glücklich, weil Miss Bobbit da war, und sie war immer lieb zu ihm. Sie und Schwester Rosalba behandelten ihn wie einen Mann; das heißt, sie gestatteten ihm, alles für sie zu tun. Andererseits ließen sie ihn beim Dreier-Bridge gewinnen, zogen nie seine Lügen in Zweifel, noch missbilligten sie seine Ambitionen. Es war eine glückliche Zeit. Allerdings gab es wieder Ärger, als die Schule begann. Miss Bobbit weigerte sich hinzugehen. »Lächerlich«, sagte sie, als Mr. Copland, der Rektor, eines Tages herkam, um Nachforschungen anzustellen, »einfach lächerlich; ich kann lesen und schreiben, und es gibt *einige* Leute hier im Ort, die allen Grund haben zu wissen, dass ich Geld zählen kann. Nein, Mr. Copland, wenn Sie einen Moment nachdenken, werden Sie einsehen, dass keiner von uns beiden weder die Zeit noch die Energie für dergleichen hat. Im Grunde liefe es nur darauf hinaus, wessen Geist zuerst gebrochen wird, Ihrer oder meiner. Und im Übrigen, was könnten Sie mir schon beibringen? Nun, wenn Sie etwas vom Tanzen verstehen würden, dann sähe die Sache anders aus; aber unter den gegebenen Umständen, Mr. Copland, tja, unter den gegebenen Umständen schlage ich vor, dass wir die ganze Sache vergessen.« Mr. Copland war absolut bereit dazu. Aber der ganze übrige Ort meinte, sie hätte eine Tracht Prügel verdient. Horace Deasley schrieb einen Artikel in der Zeitung, der den Titel trug: »Ein trauriger Zustand«. Es war, seiner Meinung nach, ein trauriger Zustand, wenn ein kleines Mädchen sich über etwas hinwegsetzen konnte, was er, aus unerfindlichen Gründen, als die Verfassung der Vereinigten Staaten bezeichnete. Der Beitrag endete mit der Frage: *Kann sie damit durchkommen?* Sie konnte; desgleichen Schwester Rosalba. Nur dass sie eine Farbige war und es deshalb keinen kümmerte. Billy Bob hatte nicht so viel Glück. Für ihn hieß es zurück in die Schule; aber er hätte genauso gut daheimbleiben können, so viel Wert hatte es. In seinem ersten Zeugnis bekam er drei Ungenügend, ein Rekord gewissermaßen. Dabei ist er ein gescheites Kerlchen. Ich vermute, dass er diese Stunden ohne Miss Bobbit einfach nicht durchstehen konnte; wenn sie nicht da war, schien er immer halb zu schlafen. Und er prügelte sich ständig; entweder hatte er ein blaues Auge oder eine aufgeplatzte Lippe, oder er humpelte. Er sprach nie über diese Prügeleien, aber Miss Bobbit war schlau genug, den Grund zu erraten. »Du bist sehr lieb, ich weiß, ich weiß. Und ich schätze dich, Billy Bob. Aber du darfst dich nicht meinetwegen prügeln. Natürlich sagen sie gemeine Dinge über mich. Aber weißt du auch, warum, Billy Bob? Das ist ein Kompliment sozusagen. Denn tief drinnen finden sie mich absolut wunderbar.«

Und sie hatte recht: Wenn du nicht bewundert wirst, macht sich kein Mensch die Mühe, dich zu verurteilen. Aber in Wahrheit hatten wir keine Ahnung, wie wunderbar sie war, bis ein Mann namens Manny Fox aufkreuzte. Das geschah Ende Februar. Den ersten Hinweis auf Manny Fox erhielten wir durch eine Reihe fröhlicher Plakate, die in den Geschäften im Ort aushingen: »Manny Fox präsentiert die Fächertänzerin ohne Fächer«; und in kleineren Buchstaben: »Sensationelles Amateurprogramm mit Ihren eigenen Nachbarn – Erster Preis: Echte Probeaufnahmen in Hollywood!« All dies sollte am darauffolgenden Donnerstag stattfinden. Die Eintrittskarten kosteten einen Dollar das Stück, was in unserer Gegend eine Menge Geld ist; aber wir bekommen nicht oft Fleisch auf der Bühne geboten, und so blätterte jeder sein Geld hin und veranstaltete einen Riesenwirbel um die ganze Sache. Die Maulhelden im Drugstore machten die ganze Woche lang dreckige Witze, vor allem über die Fächertänzerin ohne Fächer, die sich als Mrs. Manny Fox entpuppte. Sie wohnten auf dem Chucklewood-Campingplatz weiter unten an der Landstraße; aber sie waren den ganzen Tag im Ort, fuhren in einem alten Packard herum, auf dessen vier Türen mit Schablone der volle Name von Manny Fox aufgemalt war. Seine Frau war eine schafsgesichtige, scharfzüngige Rothaarige mit nassen Lippen und feuchten Augenlidern; sie war eigentlich ziemlich kräftig, aber verglichen mit Manny Fox wirkte sie eher zierlich, denn er war ein Kerl wie ein Baum.

Sie machten den Billardsalon zu ihrem Hauptquartier, und jeden Nachmittag konnte sie dort mit den hiesigen Tagedieben Bier trinken und herumblödeln sehen. Wie sich herausstellte, beschränkten sich Manny Fox' geschäftliche Tätigkeiten nicht auf Theateraufführungen. Er betrieb auch eine Art Arbeitsvermittlung: Nach und nach rückte er damit heraus, dass er für eine Gebühr von 150 Dollar jedem abenteuerlustigen Jungen im Bezirk eine erstklassige Anstellung auf einem Bananendampfer besorgen konnte, der von

BIL
FOX

New Orleans nach Südamerika fuhr. Eine einmalige Gelegenheit, wie er sagte. Bei uns in der Gegend gibt es keine zwei Buben, die ohne weiteres fünf Dollar in die Hand nehmen können; dennoch gelang es einem guten Dutzend, das Geld aufzutreiben. Ada Willingham nahm alles, was sie gespart hatte, um für ihren Mann einen Engelgrabstein zu kaufen, und gab es ihrem Sohn, und Acey Trumps Papa verkaufte eine Option auf seine Baumwollernte.

Aber erst der Abend der Vorstellung! Das war ein Abend, an dem alles vergessen war: von der Hypothek bis zum Geschirr in der Spüle. Tante El sagte, man könnte meinen, wir gingen in die Oper, alles geschniegelt und gebügelt und parfümiert. So voll war das Odeon nicht mehr gewesen seit dem Abend, als das Besteck aus Sterlingsilber verlost wurde. Praktisch jeder hatte einen Verwandten, der auftreten sollte, so dass allgemein große Nervosität herrschte. Miss Bobbit war die einzige Teilnehmerin, die wir wirklich gut kannten. Billy Bob konnte nicht stillsitzen; er schärfte uns wieder und wieder ein, dass wir für niemanden klatschen durften außer für Miss Bobbit; Tante El sagte, das wäre sehr unhöflich, woraufhin Billy Bob wieder einen Rappel kriegte; und als sein Vater jedem von uns eine Tüte Popcorn kaufte, rührte er seines nicht an, weil es seine Hände fettig gemacht hätte, und, bitte, noch etwas, wir sollten keinen Lärm machen und kein Popcorn essen, während Miss Bobbit auftrat. Dass sie zu den Teilnehmern gehörte, war eine Überraschung in letzter Minute. Dabei war es durchaus logisch, und es gab Anzeichen, die es uns hätten verraten müssen; die Tatsache zum Beispiel, dass sie seit Gott weiß wie vielen Tagen keinen Fuß vor die Tür des Sawyer'schen Hauses gesetzt hatte. Und dass die halbe Nacht das Grammophon lief, ihr Schatten auf dem herabgezogenen Rollo tanzte, und der heimlichtuerische, selbstgefällige Ausdruck in Schwester Rosalbas Gesicht, wenn man sich nach Schwester Bobbits Befinden erkundigte. Und so stand ihr Name auf dem Programm, sogar an zweiter Stelle, obwohl sie lange nicht auftrat. Erst kam Manny Fox, gelackt und anzüglich grinsend, der eine Menge merkwürdiger Witze erzählte, dabei in die Hände klatschte, ha, ha, ha. Tante El sagte, wenn er noch *einen* solchen Witz erzähle, werde sie aufstehen und gehen; er tat es, und sie blieb. Vor Miss Bobbits Auftritt kamen elf andere Teilnehmer, darunter Eustacia Bernstein, die Filmstars imitierte, die alle wie Eustacia klangen, und ein erstaunlicher Mr. Buster Riley, ein alter Knacker mit Segelohren aus der finstersten Provinz, der auf einer Säge *Waltzing Matilda* spielte. Bis dahin war er der Clou des Abends; nicht dass es ausgeprägte Unterschiede gegeben hätte, wie die einzelnen Darbietungen aufgenommen wurden, denn alle applaudierten hochherzig, das heißt alle außer Preacher Star. Er saß zwei Reihen vor uns und empfing jede Nummer mit wiehernden Buhrufen. Tante El sagte, sie werde nie wieder mit ihm sprechen. Die einzige Person, der er applaudierte, war Miss Bobbit. Zweifellos war der Teufel auf ihrer Seite, aber sie hatte es verdient. Sie trat auf, mit den Hüften wackelnd, die Locken schüttelnd, die Augen rollend. Man merkte sofort, dass es keine ihrer klassischen Darbietungen sein würde. Sie steppte über die Bühne und hielt dabei geziert das wolkenblaue Röckchen seitlich hoch. Das ist das Süßeste, was ich je gesehen hab, sagte Billy Bob und klatschte sich auf den Schenkel, und Tante El musste zugeben, dass Miss Bobbit wirklich niedlich aussah. Als sie herumzuwirbeln begann, brach das ganze Publikum spontan in Beifall aus; also machte sie es gleich noch einmal und zischte dabei »Schneller, schneller«, an die arme Miss Adelaide gewandt, die am Klavier saß und ihr sonntagsschulmäßiges Bestes tat. »Ich schwitze in Sommern, ich friere in Wintern ...« Wir hatten sie noch nie singen hören, und sie hatte eine rowdyhafte Schmirgelpapier-Stimme. »... wem meine Bäckchen nicht gefallen, der bleib weg von meinem Hintern!« Tante El stockte der Atem; er stockte ihr ein weiteres Mal, als Miss Bobbit mit einem Ruck ihren Rock hochwarf und blaue Spitzenunterwäsche zur Schau stellte, weswegen sie fast alle Pfiffe erntete, die sich die Burschen für die Fächertänzerin ohne Fächer aufgespart hatten, was nicht weiter schlimm war, da die Dame, wie sich später herausstellte, zur Melodie von *An Apple for the Teacher* und Betrug-Betrug-Rufen ihre Nummer in einem Badeanzug darbot. Aber das Herzeigen ihres Popos war nicht Miss Bobbits größter Triumph. Miss Adelaide legte mit einem ominösen Donnergrollen in Moll los, woraufhin Schwester Rosalba, mit einem brennenden Feuerwerkskörper in der Hand, auf die Bühne eilte und ihn Miss Bobbit überreichte, die gerade zu einem Spagat ansetzte; sie führte ihn auch zu Ende, und genau da explodierte der Leuchtsatz und begann rote, weiße und blaue Kugeln zu versprühen, und wir mussten alle aufstehen, weil sie aus vollem Hals die Nationalhymne sang. Tante El sagte hinterher, das sei mit das Großartigste

gewesen, was sie im amerikanischen Theater je gesehen habe.

Nun, sie hatte zweifellos Probeaufnahmen in Hollywood verdient, und insofern, als sie den Wettbewerb gewonnen hatte, sah alles danach aus, dass sie nach Hollywood fahren würde. Manny Fox sagte, das werde sie: Schätzchen, sagte er, du bist echtes Starmaterial. Nur machte er sich am nächsten Tag aus dem Staub und ließ nichts weiter als vollmundige Versprechungen zurück. Schaut in eure Post, Freunde, ihr werdet alle von mir hören. Genau das sagte er zu den Burschen, deren Geld er genommen hatte, und genau das sagte er zu Miss Bobbit. Bei uns gibt es drei Zustellungen am Tag, und diese ansehnliche Gruppe versammelte sich bei allen vor dem Postamt, eine freudige Menge, die nach und nach freudloser wurde. Wie ihre Hände zitterten, wenn ein Brief in ihren Briefkasten glitt. Eine schreckliche Stille befiel sie, als die Tage vergingen. Jeder von ihnen wusste, was die anderen dachten, aber keiner brachte es über sich, es auszusprechen, nicht einmal Miss Bobbit. Postmeisterin Patterson dagegen sagte es klipp und klar: Der Mann ist ein Gauner, sagte sie, ich wusste von Anfang an, dass das ein Gauner ist, und wenn ich mir eure Gesichter noch einen Tag länger anschauen muss, erschieße ich mich.

Am Ende, nach Ablauf von zwei Wochen, war Miss Bobbit diejenige, die den Bann brach. Ihre Augen waren leerer geworden, als irgendjemand es je für möglich gehalten hätte, aber eines Tages, nachdem die letzte Post da war, kehrte ihr alter Elan zurück. »Okay, Jungs, jetzt herrscht Lynchjustiz«, sagte sie und brachte die ganze Meute dazu, mit zu ihr nach Hause zu gehen. Das war die erste Versammlung des Manny-Fox-Henkersclubs, eines Vereins, der in gesellschaftlicherer Form bis zum heutigen Tag besteht, obwohl Manny Fox längst geschnappt und, sozusagen, gehängt wurde. Das Verdienst ging völlig zu Recht auf Miss Bobbits Konto. Binnen einer Woche hatte sie über dreihundert Beschreibungen von Manny Fox angefertigt und an Sheriffs in allen Südstaaten geschickt; und sie schrieb Briefe an Zeitungen in den größeren Städten, und diese erregten allgemeine Aufmerksamkeit. Die Folge war, dass vier der bestohlenen Burschen von der United Fruit Company eine gutbezahlte Arbeit angeboten bekamen, und im späten Frühjahr, als Manny Fox in Uphigh, Arkansas, verhaftet wurde, wo er mit der gleichen Masche hausieren ging, wurde Miss Bobbit die Gute-Taten-Medaille der Mädchenvereinigung der Heilsarmee verliehen. Aus irgendeinem Grund legte sie Wert darauf, alle Welt wissen zu lassen, dass sie darüber nicht gerade entzückt war. »Ich billige diese Organisation nicht«, sagte sie. »Immer dieses rüpelhafte Hörnerblasen. Das ist weder gutherzig noch wahrhaft weiblich. Und im Übrigen, was ist eine gute Tat? Lasst euch nichts weismachen, eine gute Tat ist etwas, das man tut, weil man dafür eine Gegenleistung erwartet.« Es wäre beruhigend, berichten zu können, dass sie Unrecht hatte und dass der gerechte Lohn, den sie schließlich bekam, ihr aus Herzensgüte und Liebe zuteil wurde. Aber das ist nicht der Fall. Etwa vor einer Woche erhielten alle Burschen, die auf den Schwindel hereingefallen waren, von Manny Fox einen Scheck, der ihre Verluste deckte, und Miss Bobbit stolzierte finster entschlossen in eine

Versammlung des Henkersclubs, der inzwischen ein Vorwand ist, um jeden Donnerstagabend Bier zu trinken und Poker zu spielen. »Hört zu, Jungs«, sagte sie in aller Deutlichkeit, »keiner von euch hat gedacht, dass er sein Geld jemals wiedersieht, aber nachdem ihr es zurückbekommen habt, solltet ihr es in etwas Vernünftiges investieren – nämlich in mich.« Der Vorschlag lautete, sie sollten ihr Geld zusammenlegen und ihr die Reise nach Hollywood finanzieren; als Gegenleistung würden sie zehn Prozent von Miss Bobbits Einkünften zu Lebzeiten erhalten, was, nachdem sie ein Star war, was nicht sehr lange dauere, sie alle zu reichen Männern machen werde. »Zumindest«, wie sie sagte, »in diesem Teil des Landes.« Nicht einer der Burschen war dazu bereit: Aber wenn Miss Bobbit einen ansah, was konnte man da machen?

Seit Montag regnet es, ein lebhafter Sommerregen mit sonnigen Abschnitten, aber bei Nacht dunkel und voller Geräusche, voll tropfender Blätter, nassem Gezwitscher, schlaflosem Getrippel. Billy Bob ist hellwach, tränenlos, aber alles, was er macht, ist ein bisschen steif, und seine Zunge ist so starr wie ein Klöppel. Es ist nicht leicht für ihn, dass Miss Bobbit weggeht. Weil sie mehr für ihn war als das. Als was? Als dreizehn Jahre alt zu sein und verrückt vor Liebe. Sie war ein Teil des Seltsamen, das in ihm war, wie der Pekannussbaum, oder dass er Bücher mochte, oder dass er die Menschen so dicht an sich heranließ, dass sie ihm weh tun konnten. Sie gehörte zu den Dingen, die er niemandem zeigen konnte. Und in der Dunkelheit drangen Musikfetzen durch den Regen: Wird es nicht Nächte geben, in denen wir sie so deutlich hören, als wären sie wirklich da? Und Nachmittage, an denen die Schatten mit einem Mal unscharf sind und Miss Bobbit vor uns hergeht, sich auf dem Rasen ausbreitet wie ein hübsches Stoffbändchen? Sie lachte Billy Bob an; sie hielt seine Hand, sie küsste ihn sogar. »Ich sterbe ja nicht«, sagte sie. »Du wirst an die Westküste kommen, und wir werden auf einen Berg steigen, und wir werden dort alle zusammenleben, du und ich und Schwester Rosalba.« Aber Billy Bob wusste, dass das nie geschehen würde, und so presste er sich, wenn die Musik durch die Dunkelheit kam, das Kissen auf den Kopf.

Doch über dem gestrigen Tag lag ein seltsames Lächeln, und das war der Tag, an dem sie abreiste. Gegen Mittag kam die Sonne heraus, die die Luft mit der Süße der Glyzinien erfüllte. Tante Els gelbe Lady Annes blühten wieder, und sie tat etwas Wunderbares, sie sagte zu Billy Bob, er dürfe sie pflücken und Miss Bobbit zum Abschied schenken. Den ganzen Nachmittag saß Miss Bobbit auf der Veranda, umringt von Menschen, die vorbeigekommen waren, um ihr alles Gute zu wünschen. Sie sah aus, als ginge sie zur Erstkommunion, ganz in Weiß gekleidet und mit einem weißen Sonnenschirm. Schwester Rosalba hatte ihr ein Taschentuch geschenkt, musste es sich aber ausleihen, weil sie nicht aufhören konnte zu flennen. Ein kleines Mädchen brachte ein Brathähnchen, vermutlich als Wegzehrung im Bus; das Problem war nur, dass sie vergessen hatte, vor dem Garen die Innereien herauszunehmen. Miss Bobbits Mutter sagte, das mache ihr nichts aus, Hähnchen sei Hähnchen; was deshalb denkwürdig ist, weil es die einzige Meinung ist, die sie jemals äußerte. Es gab nur einen Missklang. Preacher Star hatte sich stundenlang unten an der Ecke herumgetrieben, manchmal am Straßenrand gestanden und mit einer Münze gespielt, sich manchmal hinter einem Baum versteckt, als wollte er nicht, dass ihn jemand sah. Das machte alle nervös. Etwa zwanzig Minuten vor Abfahrt des Busses kam er angeschlendert und lehnte sich an unser Gartentor. Billy Bob war noch im Garten und pflückte Rosen; inzwischen hatte er genug für ein Freudenfeuer, und ihr Duft war so schwer wie Wind. Preacher starrte ihn an, bis er den Kopf hob. Als sie sich ansahen, setzte der Regen wieder ein, fiel so fein wie Sprühnebel und so bunt wie ein Regenbogen. Wortlos ging Preacher hinüber und begann Billy Bob zu helfen, aus den Rosen zwei riesige Sträuße zu machen; gemeinsam trugen sie diese an den Straßenrand. Gegenüber summte es von Gesprächen, aber als Miss Bobbit sie

sah, zwei Buben, deren Gesichter hinter den Blumen zwei gelben Monden glichen, eilte sie mit ausgebreiteten Armen die Stufen hinunter. Man sah genau, was passieren würde; und wir schrien auf, unsere Stimmen wie Blitze im Regen, aber Miss Bobbit, die auf diese Monde aus Rosen zurannte, schien nichts zu hören. Und genau da wurde sie vom Sechs-Uhr-Bus überfahren.